UN DRÔLE DE RENDEZ-VOUS !

PRESSES AVENTURE

PRESSES AVENTURE INC.
55, rue Jean-Talon Ouest
Montréal (Québec) H2R 2W8
CANADA
groupemodus.com

Histoire d'après l'épisode *Love is in the Hair 2*.
© Moose, 2012

Président-directeur général : Marc G. Alain
Éditrice : Marie-Eve Labelle
Adjointe à l'édition : Vanessa Lessard
Rédactrice : Karine Blanchard
Correctrice : Catherine LeBlanc-Fredette
Infographiste : Vicky Masse-Chaput

ISBN : 978-2-89751-397-9

Dépôt légal — Bibliothèque et Archives nationales du Québec, 2017
Dépôt légal — Bibliothèque et Archives Canada, 2017

Nous reconnaissons l'aide financière du gouvernement du
Québec par l'entremise du Programme de crédit d'impôt pour
l'édition de livres et du Programme d'aide aux entreprises
du livre et de l'édition spécialisée — SODEC

Financé par le gouvernement du Canada | Canadä

Imprimé au Canada

UN DRÔLE DE RENDEZ-VOUS!

PRESSES AVENTURE

Lil'D a invité Angelala à partager
un bon repas.

C'est Buttershy qui s'occupe
du service.

Buttershy a un conseil à donner
à Lil'D.

« N'oublie pas, dit-elle,
sois toi-même ! »

« Merci d'être là, Angelala »,
dit Lil'D.

« Ça me fait vraiment plaisir,
Lil'D », répond Angelala.

Lil'D offre à boire à Angelala.
Angelala accepte.

Le bouchon de la bouteille
est coincé.

La bouteille s'ouvre d'un coup.
Le bouchon vole dans tous les sens.

Le bouchon atterrit dans
les cheveux d'Angelala...

... et fait tomber le pauvre Lil'D.

« Lil'D, est-ce que ça va ? »
demande Angelala.

Lil'D se rassoit.

Il a une bosse au front.

Le premier plat est une soupe
de crabe.
C'est le mets préféré de Lil'D.

Lil'D sent la soupe.

Un crabe lui pince le nez !

Ouille !

Angelala est inquiète.
Lil'D est malchanceux!

Lil'D rassure son amie.
Tout va bien.

Le deuxième plat est une salade.
« Ça a l'air délicieux », dit Lil'D.

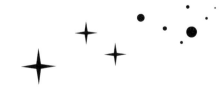

« Qu'est-ce que c'est ? »
demande Angelala.

« Une salade à la sauce ziri-ziri »,
répond Buttershy.

Catastrophe!

Lil'D est allergique au ziri-ziri.

« Je suis navré, Angelala, dit Lil'D. J'ai encore tout gâché. »

Angelala console son ami.

Elle lui fait même un bisou.

Oh là là !
Ça ira mieux la prochaine fois !